Ein Geschäftsmann

Honoré de Balzac

Writat

Diese Ausgabe erschien im Jahr 2023

ISBN: 9789359254401

Herausgegeben von
Writat
E-Mail: info@writat.com

EIN MANN DES GESCHÄFTS

Das Wort „*Lorette*" ist ein Euphemismus, der erfunden wurde, um den Status einer Persönlichkeit oder einer Persönlichkeit mit Status zu beschreiben, über die man kaum sprechen kann; Die französische Akademie hat es in ihrer Bescheidenheit aus Rücksicht auf das Alter ihrer vierzig Mitglieder unterlassen, eine Definition zu liefern. Wann immer ein neues Wort an die Stelle einer umständlichen Umschreibung tritt, ist sein Erfolg gesichert; Das Wort „*Lorette*" ist in die Sprache aller Schichten der Gesellschaft eingedrungen, selbst dort, wo die Lorette selbst nie Zutritt erhalten wird. Es wurde erst 1840 erfunden und entstand zweifellos aus der Ansammlung solcher Schwalbennester rund um die Kirche Unserer Lieben Frau von Loretto. Diese Informationen sind nur für Etymologen bestimmt. Diese Herren wären nicht so oft in einer Zwickmühle, wenn mittelalterliche Schriftsteller sich nur so viel Mühe mit den Details zeitgenössischer Sitten gegeben hätten, wie wir sie in der heutigen Zeit der Analyse und Beschreibung anwenden.

Mlle. Turquet oder Malaga, denn sie ist besser unter ihrem Pseudonym bekannt (siehe *La fausse Maitresse*.), war eines der ersten Gemeindemitglieder dieser bezaubernden Kirche. Zu der Zeit, in die diese Geschichte gehört, freute sich dieses unbeschwerte und lebhafte Mädchen über das Leben eines Notars mit einer Frau, die etwas zu bigott, starr und kalt für häusliches Glück war.

Nun kam es zu einem Karnevalsabend, Maitre Cardot empfing Gäste bei Mlle. Turquets Haus – Desroches, der Anwalt, Bixiou mit den Karikaturen, Lousteau, der Journalist, Nathan und andere; Es erübrigt sich, eine weitere Beschreibung dieser Persönlichkeiten zu geben, die alle in der *Comédie berühmte Namen tragen Humane*. Der junge La Palferine, trotz seines Grafentitels und seiner großen Abstammung, die leider! bedeutet ebenfalls einen großen Vermögenssturz, hatte mit seiner Anwesenheit die kleine Anstalt des Notars beehrt.

Beim Abendessen erwartet man in einem solchen Haus nicht, das patriarchalische Rindfleisch, das dürre Geflügel und den Salat des häuslichen und familiären Lebens zu treffen, und es gibt auch keinen Versuch, die heuchlerische Konversation in Salons zu führen, die mit höchst respektablen Matronen ausgestattet sind. Wann, leider! Wird Seriosität charmant sein? Wann werden die Frauen in guter Gesellschaft dafür bürgen, ihre Schultern etwas weniger zu zeigen und dafür mehr Witz oder Genialität zu zeigen? Marguerite Turquet, die Aspasia des Cirque-Olympique, ist eine dieser offenen, sehr lebendigen Persönlichkeiten, denen alles vergeben ist, so unbewusste Sünder sind sie, so intelligente Büßer; Von solchen wie Málaga könnte man wie Cardot – ein geistreicher Mann genug, wenn auch ein Notar – fragen, dass er gut „getäuscht" sei. Und doch dürfen Sie nicht glauben, dass irgendwelche Ungeheuerlichkeiten begangen wurden. Desroches und Cardot waren gute Kerle, die in ihrem Beruf zu ergraut waren, um sich bei Bixiou , Lousteau , Nathan und der jungen La Palferine nicht wohl zu fühlen . Und sie ihrerseits hatten zu oft auf ihre Rechtsberater zurückgegriffen und kannten sie zu gut, um zu versuchen, sie in Lorettensprache „herauszulocken".

Das mit sieben Zigarren parfümierte Gespräch war zunächst so fantastisch wie ein losgelassenes Kind, doch schließlich kam es zur Strategie des ständigen Krieges, der in Paris zwischen Gläubigern und Schuldnern geführt wurde.

Wenn Sie nun die Güte haben, sich an die Geschichte und Vorgeschichte der Gäste zu erinnern, werden Sie wissen, dass es in ganz Paris kaum eine Gruppe von Männern mit mehr Erfahrung in dieser Angelegenheit gibt; Die Berufstätigen auf der einen Seite und die Künstler auf der anderen Seite waren so etwas wie Richter und Kriminelle, die sich zusammentun. Eine Reihe von Bixious Zeichnungen, die das Leben im Schuldnergefängnis veranschaulichen, brachten das Gespräch in diese besondere Richtung; und aus den Gefängnissen der Schuldner gingen sie in die Schulden.

Es war Mitternacht. Sie hatten sich rund um den Tisch und vor dem Feuer in kleine Gruppen aufgelöst und gaben sich dem burlesken Spaß hin, der nur in Paris und in der besonderen Region möglich oder verständlich ist, die an den Faubourg Montmartre, die Rue Chaussee d'Antin , grenzt , das obere Ende der Rue de Navarin und die Boulevardlinie.

In zehn Minuten hatten sie alle tiefen Überlegungen, alle kleinen und großen Moralisierungen , alle schlechten Wortspiele über ein Thema, das Rabelais bereits vor dreihundertfünfzig Jahren erschöpft hatte, beendet . Es war nicht wenig zu ihrer Ehre, dass die pyrotechnische Darbietung durch einen letzten Zünder aus Malaga abgebrochen wurde.

„Alles geht an die Schuhmacher", sagte sie. „Ich habe eine Hutmacherin verlassen, weil sie zweimal mit meinen Hüten durchgefallen ist. Die Füchsin war schon siebenundzwanzig Mal hier, um zwanzig Francs zu verlangen. Sie wusste nicht, dass wir nie zwanzig Franken haben. Man hat tausend Franken, oder man schickt fünfhundert Franken zum Notar; aber zwanzig Franken hatte ich noch nie in meinem Leben. Meine Köchin und meine Magd mögen vielleicht so viel zwischen sich haben; aber ich für meinen Teil habe nichts als Kredit, und den würde ich verlieren, wenn ich kleine Summen leihen würde. Wenn ich zwanzig Franken verlangen würde, hätte ich nichts, was mich von meinen Kollegen auf dem Boulevard unterscheiden würde."

„Wird die Hutmacherin bezahlt?" fragte La Palferine .

„Oh, komm schon, wirst du dumm?" sagte sie mit einem Augenzwinkern. „Sie kam heute Morgen zum siebenundzwanzigsten Mal, deshalb habe ich es erwähnt."

"Was hast du gemacht?" fragte Desroches .

„Ich hatte Mitleid mit ihr und bestellte einen kleinen Hut, den ich gerade erfunden hatte, eine ganz neue Form. Wenn Mlle. Amanda hat damit Erfolg, sie will nichts mehr über das Geld sagen, ihr Vermögen ist gemacht."

„Meiner Meinung nach", fügte Desroches hinzu , „geben die schönsten Dinge, die ich in einem Duell dieser Art gesehen habe, denjenigen, die Paris kennen, ein weitaus besseres Bild der Stadt als all die ausgefallenen Porträts, die sie malen." Einige von euch denken, dass sie ein oder zwei Dinge wissen", fuhr er fort und warf einen Blick auf Nathan, Bixiou , La Palferine und Lousteau , „aber der König des Bodens ist ein gewisser Graf, der gerade damit beschäftigt ist, sich zurechtzufinden. Zu seiner Zeit galt er als der klügste, geschickteste, geschickteste, kühnste, kräftigste, subtilste und erfahrenste aller Piraten, die, ausgestattet mit guten Manieren, gelben Samthandschuhen und Droschken, jemals gesegelt sind oder jemals segeln werden auf den stürmischen Meeren von Paris. Er fürchtet weder Gott noch Menschen. Er wendet im Privatleben die Grundsätze an, die das englische Kabinett leiten. Bis zu seiner Heirat war sein Leben ein ständiger Krieg, wie zum Beispiel das von Lousteau . Ich war und bin immer noch sein Anwalt."

„Und der erste Buchstabe seines Namens ist Maxime de Trailles ", sagte La Palferine .

„Im Übrigen hat er jeden bezahlt und niemanden verletzt", fuhr Desroches fort . „Aber wie Ihr Freund Bixiou gerade sagte, ist es ein Verstoß gegen die Freiheit des Subjekts, im März zahlen zu müssen, wenn Sie keine Lust haben, bis Oktober zu zahlen. Aufgrund dieses Artikels seines besonderen Kodex betrachtete Maxime den Plan eines Gläubigers, ihn sofort zur Zahlung zu zwingen, als einen Trick eines Betrügers. Es war lange her, dass er die Bedeutung des Wechsels in all seinen unmittelbaren und entfernten Zusammenhängen begriffen hatte. Ein junger Mann an meiner Stelle nannte vor seinen Augen einmal einen Wechsel die „Eselsbrücke". „Nein", sagte er, „es ist die Seufzerbrücke; es ist der kürzeste Weg zu einer Hinrichtung.' Tatsächlich waren seine Kenntnisse im Wirtschaftsrecht so umfassend, dass ihm ein Fachmann nichts hätte beibringen können. Damals hatte er, wie Sie wissen, nichts . Seine Kutsche und seine Pferde waren repariert; er wohnte im Haus seines Dieners; und übrigens wird er seinem Kammerdiener bis zum Ende des Kapitels ein Held sein, selbst nach der Heirat, die er zu schließen beabsichtigt. Er gehörte drei Clubs an und speiste in einem von ihnen, wann immer er nicht auswärts aß. In der Regel war er sehr selten an seiner eigenen Adresse anzutreffen …"

„Er sagte einmal zu mir", unterbrach La Palferine , „„Meine einzige Geste ist die Behauptung , ich wohne in der Rue Pigalle.""

„Nun", fuhr Desroches fort , „er war einer der Kämpfer; und nun zum anderen. Haben Sie mehr oder weniger von einem Claparon gehört ?"

„Hatte solche Haare!" rief Bixiou und zerzauste seine Locken, bis sie zu Berge standen. Ausgestattet mit der gleichen Begabung für die Nachahmung von Absurditäten, die der Pianist Chopin in so hohem Maße besitzt, ging er sofort daran, die Figur mit verblüffender Wahrheit darzustellen.

„Er rollt so mit dem Kopf, wenn er spricht; er war einst ein Geschäftsreisender; er hat alles Mögliche getan –"

„Nun, er wurde zum Reisen geboren, denn in diesem Moment, in dem ich spreche, ist er auf dem Meer auf dem Weg nach Amerika", sagte Desroches . „Es ist seine einzige Chance, denn aller Wahrscheinlichkeit nach wird er in der nächsten Sitzung standardmäßig als betrügerischer Bankrotteur verurteilt."

„Sehr viel auf See!" rief Malaga aus.

„Sechs oder sieben Jahre lang fungierte dieser Claparon als Strohmann, Katzenpfote und Sündenbock für zwei unserer Freunde, du Tillet und Nucingen ; aber im Jahr 1829 war seine Rolle so bekannt, dass –"

„Unsere Freunde haben ihn fallen lassen", warf Bixiou ein .

„Sie überließen ihn schließlich seinem Schicksal und er suhlte sich im Sumpf", fuhr Desroches fort . „Im Jahr 1833 ging er eine Partnerschaft mit einem gewissen Cerizet ein –"

"Was! Er, der eine Aktiengesellschaft so gut gefördert hat, dass die Sechste Kammer seine Karriere mit ein paar Jahren Gefängnis abgebrochen hat?" fragte die Lorette.

"Das gleiche. Während der Restauration zwischen 1823 und 1827 bestand Cerizets Beschäftigung darin, zunächst unerschrocken seinen Namen in verschiedene Absätze einzutragen, an denen sich der Staatsanwalt eifrig festhielt, und anschließend ins Gefängnis zu marschieren. Damals konnte sich ein Mann mit geringem Aufwand einen Namen machen. Die liberale Partei nannte ihren Provinzverfechter „den mutigen Cerizet ", und gegen 1828 wurde so viel Eifer im „allgemeinen Interesse" belohnt.

„„Allgemeines Interesse' ist eine Art Bürgerkrone, die von der Tagespresse den Verdienten verliehen wird. Cerizet versuchte, das „allgemeine Interesse" an ihm außer Acht zu lassen. Er kam nach Paris und begann mit etwas Hilfe von Kapitalisten der Opposition als Makler und führte in gewissem Umfang Finanzgeschäfte durch, wobei das Kapital von einem Mann im Versteck gefunden wurde, einem geschickten Spieler, der sich selbst übertrieben hatte und infolgedessen im Juli 1830 ging seine Hauptstadt durch den Schiffbruch der Regierung unter."

"Oh! Er war es , den wir früher das System nannten", rief Bixiou .

„Sagen Sie ihm nichts Böses, armer Kerl", protestierte Malaga. „ D'Estourny war ein guter Typ."

„Sie können sich vorstellen, welche Rolle ein ruinierter Mann im Jahr 1830 spielen musste, als sein Name in der Politik ,der mutige Cerizet ' war ." Er wurde in eine sehr gemütliche kleine Unterpräfektur geschickt. Unglücklicherweise ist es für ihn eine Sache, in der Opposition zu sein – jede Rakete ist gut genug, um sie abzuwerfen, solange der Flug dauert; aber etwas ganz anderes, im Amt zu sein. Drei Monate später musste er seinen Rücktritt einreichen. Hatte er es sich nicht in den Kopf gesetzt, Popularität zu gewinnen? Da er jedoch noch nichts getan hatte, was seinen Titel als „mutiger Cerizet " gefährden könnte, schlug die Regierung als Entschädigung vor , dass er eine Zeitung leiten sollte; nominell eine Oppositionszeitung, aber Ministerialist *in petto* . Der Untergang dieser edlen Natur war also in Wirklichkeit der Regierung zu verdanken. Für Cerizet als Manager der Zeitung war es nur allzu offensichtlich, dass er wie ein Vogel war, der auf einem faulen Ast saß; und dann war es so, dass er diese nette kleine Aktiengesellschaft förderte und sich dadurch ein paar Jahre Gefängnis sicherte; Er wurde gefasst, während es raffinierteren Betrügern gelang, die Öffentlichkeit zu fangen."

„Wir kennen die genialeren", sagte Bixiou ; „Lasst uns nichts Schlechtes über den armen Kerl sagen; er wurde geschnappt; Couture erlaubte ihnen, seine Kasse zu quetschen; Wer hätte das jemals von ihm gedacht?"

„Auf jeden Fall war Cerizet ein niederer Typ, der durch niedrige Ausschweifungen stark geschädigt wurde. Nun zu dem Duell, von dem ich gesprochen habe. Noch nie sind zwei Handwerker der schlechtesten Sorte, mit den schlechtesten Manieren, das schlechteste Bösewichtspaar, das man sich vorstellen kann, in einem schmutzigeren Geschäft eine Partnerschaft eingegangen. Ihr Handwerkszeug bestand aus dem eigentümlichen Idiom des Stadtmenschen, der Kühnheit der Armut, der Gerissenheit, die aus Erfahrung resultiert, und einem besonderen Wissen über die Pariser Kapitalisten, ihre Herkunft, Verbindungen, Bekanntschaften und ihren inneren Wert. Diese Partnerschaft zweier „Trinker" (lassen Sie den Begriff „Börse" beiseite, denn es ist das einzige Wort, das sie beschreibt), diese

Partnerschaft von Dilettanten hielt nicht sehr lange. Sie kämpften wie ausgehungerte Hunde um jedes bisschen Müll.

„Die früheren Spekulationen der Firma Cerizet und Claparon waren jedoch gut geplant. Die beiden Schurken verbündeten sich mit Barbet, Chaboisseau , Samanon und Wucherern dieser Art und kauften hoffnungslos notleidende Schulden auf.

„ Claparons Geschäftssitz war damals ein enges Zwischengeschoss in der Rue Chabannais – fünf Zimmer zu einer Miete von höchstens siebenhundert Francs. Jeder Partner schlief in einem kleinen Schrank, der aus Vorsicht so sorgfältig verschlossen war, dass mein Chefsekretär nie hineinkommen konnte. Die Möbel der anderen drei Räume – ein Vorzimmer, ein Wartezimmer und ein Privatbüro – hätten bei einem Notverkauf insgesamt keine dreihundert Francs eingebracht. Sie wissen genug über Paris, um zu wissen, wie es aussieht; die gepolsterten, mit Rosshaar überzogenen Stühle, ein mit grünem Tuch bedeckter Tisch, eine schmucke Uhr zwischen ein paar Kerzenleuchtern, die unter Glasschirmen angelaufen wurde, der kleine Spiegel mit Goldrahmen über dem Kaminsims und im Kamin ein verkohlter Stock oder zwei Stück Brennholz, das ihnen zwei Winter lang gereicht hatte, wie mein Chefschreiber es ausdrückte. Was das Büro betrifft, können Sie sich vorstellen, wie es aussah: mehr Briefakten als Geschäftsbriefe, eine Reihe gemeinsamer Fächer für beide Partner, ein Zylinderschreibtisch, leer wie die Geldkassette, in der Mitte des Raumes, und ein paar Sessel auf beiden Seiten eines Kohlenfeuers. Der Teppich auf dem Boden wurde günstig gebraucht gekauft (wie die Rechnungen und Forderungsausfälle). Kurz gesagt, es waren die Mahagonimöbel möblierter Wohnungen, die im Laufe von fünfzig Dienstjahren normalerweise von einem Bewohner eines Zimmers zum anderen weitergegeben werden. Jetzt kennen Sie das Antagonistenpaar.

„Während der ersten drei Monate einer Partnerschaft, die sich vier Monate später in einer Schlägerei auflöste, kauften Cerizet und Claparon Scheine im Wert von zweitausend Francs mit der Unterschrift von Maxime (da Maxime sein Name war) und füllten ein paar Briefe bis zum Bersten aus mit Urteilen, Berufungen, Gerichtsbeschlüssen, Zwangsvollstreckungen, Anträgen auf Aussetzung des Verfahrens und allem anderen; Um es kurz zu machen: Sie hatten Scheine über dreitausendzweihundert Francs und ungerade Centimes, für die sie fünfhundert Francs gegeben hatten; Die Übertragung erfolgt privat und mit Sondervollmacht, um die Kosten für die Registrierung zu sparen. Nun geschah es, dass Maxime, da er schon im reifen Alter war, von einer der Phantasien befallen wurde, die dem Mann von fünfzig eigen sind –"

„Antonia!" rief La Palferine aus . „Diese Antonia, deren Vermögen ich damit verdient habe, dass ich sie schriftlich um eine Zahnbürste gebeten habe!"

„Ihr richtiger Name ist Chocardelle ", sagte Malaga, nicht besonders erfreut über das wohlklingende Pseudonym.

„Das Gleiche", fuhr Desroches fort .

„Es war der einzige Fehler, den Maxime jemals in seinem Leben gemacht hat. Aber was hätten Sie, kein Laster ist absolut perfekt?" Geben Sie Bixiou ein .

„Maxime musste erst noch lernen, in was für ein Leben ein Mann von einem achtzehnjährigen Mädchen geführt werden kann, wenn sie die Absicht hat, aus ihrer ehrlichen Mansarde in eine prächtige Kutsche zu steigen; Es ist eine Lektion, die sich alle Staatsmänner zu Herzen nehmen sollten. Zu dieser Zeit beschäftigte de Marsay gerade seinen Freund, unseren Freund de Trailles , in der großen Politikkomödie. Maxime hatte große Erwartungen an seine Eroberungen; er hatte keine Erfahrung mit Frauen ohne Titel; und mit fünfzig Jahren fühlte er, dass er ein Recht hatte, von der sogenannten Wildfrucht zu beißen, so wie ein Sportler unter dem Apfelbaum eines Bauern Halt macht. Also richtete der Graf ein Lesezimmer für Mademoiselle ein. Chocardelle , ein ziemlich schickes kleines Lokal, das man wie immer günstig haben kann …"

„Puh!" sagte Nathan. „Sie blieb kein halbes Jahr darin. Sie war zu hübsch, um einen Lesesaal zu unterhalten."

„Vielleicht bist du der Vater ihres Kindes?" schlug die Lorette vor.

Desroches fuhr fort.

„Seit die Firma Maximes Schulden aufgekauft hat, wurde Cerizets Ähnlichkeit mit einem Gerichtsvollzieher immer auffälliger, und eines Morgens gelang es ihm nach sieben erfolglosen Versuchen, in die Gegenwart des Grafen einzudringen. Suzon , der alte Diener, verwechselte den Besucher schließlich, obwohl er noch nicht im Noviziat war, mit einem Bittsteller, der tausend Kronen vorschlug, wenn Maxime eine Lizenz zum Verkauf von Briefmarken für eine junge Dame erhalten würde. Suzon , ein reinrassiger Pariser Straßenjunge, dem durch wiederholte persönliche Erfahrungen mit den Polizeigerichten Klugheit eingeflößt worden war, überredete seinen Herrn, ihn zu empfangen, ohne den geringsten Verdacht gegenüber dem kleinen Kerl. Können Sie den Geschäftsmann sehen, der mit einem unruhigen Blick, einer kahlen Stirn und kaum Haaren auf dem Kopf in seiner abgewetzten Jacke und den schmutzigen Stiefeln steht —"

„Was für ein Bild von einem Dun!" rief Lousteau .

„… vor dem Grafen zu stehen, dieses Bild des zur Schau stellenden Schulden, in seinem blauen Flanell-Morgenmantel, Pantoffeln, die von der einen oder anderen Marquise angefertigt wurden, Hosen aus weißem

Wollstoff und einem strahlenden Hemd? Da stand er, mit einer wunderschönen Mütze auf seinem schwarz gefärbten Haar, und spielte mit den Quasten an seiner Taille –"

„Es ist ein bisschen Genre für jeden, der weiß, was das hübsche kleine Morgenzimmer ist, das mit Seide geschmückt ist und voller wertvoller Gemälde ist, in dem Maxime frühstückt", sagte Nathan. „Sie betreten einen Smyrna- Teppich, Sie bewundern die Anrichten voller Kuriositäten und Raritäten, die einen König von Sachsen neidisch machen könnten …"

„Jetzt zur Szene selbst", sagte Desroches und es folgte tiefste Stille.

„'Monsieur le Comte', begann Cerizet , 'ich komme von einem M. Charles Claparon , der früher Bankier war –'

"'Ah! armer Teufel, und was will er von mir?'

„'Nun, er ist derzeit Ihr Gläubiger in Höhe von dreitausendzweihundert Francs, fünfundsiebzig Centimes, Kapital, Zinsen und Kosten –'

„' Couteliers Geschäft?' warf Maxime ein, der sich mit seinen Angelegenheiten auskannte, wie ein Pilot seine Küste kennt.

„'Ja, Monsieur le Comte', sagte Cerizet mit einer Verbeugung. „Ich bin gekommen, um Sie nach Ihren Absichten zu fragen."

„'Ich zahle nur, wenn ich Lust dazu habe', erwiderte Maxime und klingelte nach Suzon . „Es war sehr voreilig von Claparon , meine Scheine aufzukaufen, ohne vorher mit mir zu sprechen. Es tut mir leid für ihn, denn er hat sich so lange als Strohmann für meine Freunde sehr gut geschlagen. Ich habe immer gesagt, dass ein Mann wirklich schwach in seinem Intellekt sein muss, um für Männer zu arbeiten, die sich mit Millionen vollstopfen, und ihnen für so niedrige Löhne so treu zu dienen. Und jetzt liefert er mir hier einen weiteren Beweis seiner Dummheit! Ja, Männer verdienen, was sie bekommen. Es liegt an Ihnen, ob Sie eine Krone auf die Stirn bekommen oder eine Kugel in den Kopf bekommen; Egal, ob Sie Millionär oder Träger sind, Ihnen wird immer Gerechtigkeit widerfahren. Ich kann nicht anders, mein lieber Freund; Ich selbst bin kein König, ich bleibe bei meinen Prinzipien. Ich habe kein Mitleid mit denen, die mich belasten oder ihr Geschäft als Gläubiger nicht kennen. – Suzon ! Mein Tee! Sehen Sie diesen Herrn?' Er fuhr fort, als der Mann hereinkam. „Nun, du hast dich hereinlegen lassen, armer alter Junge." Dieser Herr ist ein Gläubiger; man hätte ihn an seinen Stiefeln erkennen sollen. Kein Freund oder Feind von mir, noch diejenigen, die keines von beiden sind und etwas von mir wollen, kommen zu Fuß zu mir. – Mein lieber Herr Cerizet , verstehen Sie? Du wirst deine Stiefel nicht noch einmal an meinem Teppich abwischen' (während er sprach, blickte er auf den Schlamm, der die Sohlen des Feindes weiß machte).

„Übermitteln Sie Claparon meine Komplimente und mein Mitgefühl , armer Puffer, denn ich werde dieses Geschäft unter dem Buchstaben Z einreichen.“

„All dies mit einer lockeren, guten Laune, die dazu geeignet ist, einem tugendhaften Bürger Koliken zu bereiten.

„‚Sie liegen falsch, Monsieur le Comte‘, erwiderte Cerizet in einem leicht gebieterischen Ton. „Wir werden voll bezahlt, und das auf eine Weise, die Ihnen vielleicht nicht gefällt.“ Deshalb bin ich zuerst in einem freundlichen Geist zu Ihnen gekommen, wie es zwischen Herren richtig und angemessen ist —‘“

„'Oh! also so verstehst du es?' begann Maxime, wütend über diese letzte Anmaßung. In der unverschämten Erwiderung war etwas von Talleyrands Witz zu erkennen, wenn man den Kontrast zwischen den beiden Männern und ihren Kostümen recht begriffen hat. Maxime blickte den Eindringling finster an; Cerizet ertrug den Glanz der kalten Wut nicht nur, sondern erwiderte ihn sogar mit einer eisigen, katzenartigen Bösartigkeit und einem starren Blick.

„‚Sehr gut, Sir, gehen Sie raus —‘

„‚Sehr gut, guten Tag, Monsieur le Comte. Wir werden vor Ablauf von sechs Monaten gekündigt .'

„‚Wenn Sie den Betrag Ihrer Rechnung stehlen können, der mir gesetzlich zusteht, bin ich Ihnen zu Dank verpflichtet, Sir‘, antwortete Maxime. „Sie werden mir eine neue Vorsichtsmaßnahme beigebracht haben. Ich bin ganz und gar dein Diener.‘

„'Monsieur le Comte', sagte Cerizet , 'im Gegenteil, ich bin es, der Ihnen gehört.'

„Hier war eine ausdrückliche, energische und selbstbewusste Erklärung auf beiden Seiten. Ein paar Tiger, die mit der Beute vor sich und einem bevorstehenden Kampf miteinander plauderten, wären nicht feiner und nicht schlauer gewesen als dieses Paar; Der unverschämte, feine Herr war in seinen schmutzigen und schlammbefleckten Kleidern ein ebenso großer Schurke wie die anderen.

„Auf wen wirst du dein Geld setzen?“ fragte Desroches , während er sich im Publikum umsah und überrascht war, wie groß das Interesse war.

„Eine hübsche Geschichte!“ rief Malaga. „Mein lieber Junge, mach weiter, ich flehe dich an. Das geht zu Herzen.“

„Zwischen zwei Kampfhähnen dieses Kalibers konnte nichts Alltägliches passieren “, fügte La Palferine hinzu .

„Puh!" rief Malaga. „Ich werde die Rechnung meines Tischlers verwetten (der Kerl ermahnt mich), dass die kleine Kröte zu viel für Maxime war."

„Ich wette auf Maxime", sagte Cardot . „Niemand hat ihn jemals beim Nickerchen erwischt."

Desroches trank aus einem Glas, das Malaga ihm reichte.

„Frau. Chocardelles Lesesaal", fuhr er nach einer Pause fort, „befand sich in der Rue Coquenard , nur ein oder zwei Schritte von der Rue Pigalle entfernt, in der Maxime wohnte. Die besagte Mlle. Chocardelle wohnte hinten auf der Gartenseite des Hauses, hinter einem großen dunklen Raum, in dem die Bücher aufbewahrt wurden. Antonia hat ihre Tante verlassen, um sich um das Geschäft zu kümmern …"

„Hatte sie schon damals eine Tante?" rief Malaga aus. „Hör auf, Maxime hat die Sache großartig gemacht."

"Ach! es war eine echte Tante", sagte Desroches ; „Ihr Name war – mal sehen –"

„Ida Bonamy ", sagte Bixiou .

„Da Antonias Tante ihr einen Großteil der Arbeit abnahm, ging sie spät zu Bett und lag am späten Vormittag, sodass sie sich erst am Nachmittag, also zwischen zwei und vier, am Schreibtisch zu sehen bekam. Vom ersten Moment an war ihr Aussehen ausreichend, um die Aufmerksamkeit auf sich zu ziehen. Es kamen mehrere ältere Männer aus dem Viertel, unter ihnen ein pensionierter Karosseriebauer, ein gewisser Croizeau . Als er dieses Wunder weiblicher Schönheit durch die Fensterscheiben betrachtete, kam es ihm in den Sinn, die Zeitungen im Lesezimmer der Schönheit zu lesen; und ein ehemaliger Zollbeamter namens Denisart mit einer Schleife im Knopfloch folgte dem Beispiel. Croizeau sah in Denisart einen Rivalen. „ *Monsieur* ", sagte er anschließend, „ich wusste nicht, was ich für Sie kaufen sollte!"

„Diese Rede sollte Ihnen eine Vorstellung von dem Mann vermitteln. Der Sieur Croizeau gehört zufällig zu einer bestimmten Klasse alter Männer, die seit Henri Monniers Zeiten als „ Coquerels " bekannt sein sollten; Monnier hat die pfeifende Stimme, die kleinen Manierismen, die kleine Schlange, die kleinen Puderspritzer, die kleinen Kopfbewegungen, die zierliche Art und den trippelnden Gang in der Rolle von Coquerel in *La Famille* *so gut wiedergegeben Improvisiert* . Dieser Croizeau pflegte seinen Halfpence schwungvoll und mit einem „Da, schöne Dame!" zu überreichen.

„Mme. Die Tante Ida Bonamy brauchte nicht lange, um durch einen Diener zu erfahren, dass Croizeau , wie in der Gegend um die Rue de Buffault , wo er wohnte, heißt, ein überaus geiziger Mann war, der über vierzigtausend

Francs pro Jahr verfügte. Eine Woche nach der Folge des charmanten Bibliothekars wurde ihm ein Wortspiel überbracht:

„,Du leihst mir Bücher (livres), aber ich gebe dir dafür reichlich Franken', sagte er.

„Ein paar Tage später machte er ein wenig wissendes Gesicht, als würde er sagen: ‚Ich weiß, dass Sie verlobt sind, aber eines Tages werde ich an der Reihe sein; Ich bin ein Witwer.'

„Er war immer gekleidet in feines Leinen, einen kornblumenblauen Mantel, eine Paduasoy-Weste, schwarze Hosen und schwarze Schleifen an den Schuhen mit doppelter Sohle, die wie die eines Abbés knarrten; Er hatte immer einen 14-Franc- Seidenhut in der Hand.

Cerizets Besuch bei Maxime anzuvertrauen . „Ich habe Angst vor meinen Verwandten." Sie sind Bauern, die für die Feldarbeit geboren wurden. Stellen Sie sich vor, ich bin mit sechs Franken in der Tasche vom Land gekommen und habe hier mein Vermögen gemacht. Ich bin nicht stolz. Eine hübsche Frau ist mir ebenbürtig. Wäre es nicht schöner, Frau zu sein? Croizeau für einige Jahre zu gewinnen, als zwölf Monate lang einem Grafen Vergnügen zu bereiten? Irgendwann wird er weggehen und dich verlassen; und wenn dieser Tag kommt, wirst du an mich denken ... deine Dienerin, meine hübsche Dame!'

„Das alles brodelte unter der Oberfläche. Die geringste Annäherung an das Liebesspiel geschah ganz heimlich. Keine Menschenseele ahnte, dass der gepflegte kleine alte Mistkerl in Antonia verliebt war; und der ältere Liebhaber war so umsichtig, dass kein Rivale aus seinem Verhalten im Lesesaal etwas hätte erraten können. Ein paar Monate lang beobachtete Croizeau den pensionierten Zollbeamten; Doch bevor der dritte Monat um war , hatte er allen Grund zu der Annahme, dass seine Vermutungen unbegründet waren. Er nutzte seinen Einfallsreichtum, um eine Bekanntschaft mit Denisart zu machen , traf ihn auf der Straße und nutzte schließlich seine Gelegenheit, um zu bemerken: „Es ist ein schöner Tag, Sir!"

„Darauf antwortete der pensionierte Beamte: ‚Austerlitz-Wetter, Sir.' Ich war selbst dort – ich wurde tatsächlich verwundet, ich habe an diesem glorreichen Tag mein Kreuz gewonnen."

„Und so lernten sich die beiden treibenden Wracks des Imperiums von einem Tag zum anderen kennen. Der kleine Croizeau wurde durch seine Verbindung zu Napoleons Schwestern mit dem Imperium verbunden. Er war ihr Karosseriebauer gewesen und hatte sie häufig um Geld gebeten; Daher gab er an, dass er „Beziehungen zur kaiserlichen Familie gehabt" habe. Maxime, der von Antonia ordnungsgemäß über die Vorschläge des „netten alten Mannes" (denn so nannte die Tante Croizeau) informiert worden war, wollte ihn sehen. Cerizets Kriegserklärung hatte bereits Wirkung gezeigt, so dass er mit den gelben Samthandschuhen die Position jeder Figur auf dem Brett studierte, egal wie unbedeutend sie auch sein mochte. Und so geschah es, dass bei der Erwähnung dieses „netten alten Mannes" ein unheilvolles Klingeln in seinen Ohren ertönte. Eines Abends setzte sich Maxime daher zwischen die Bücherregale im schwach erleuchteten Hinterzimmer, erkundete durch den Spalt zwischen den grünen Vorhängen die sieben oder acht Kunden und nahm das Maß des kleinen Karosseriebauers. Er schätzte die Verliebtheit des Mannes ein und war sehr zufrieden, als er feststellte, dass die lackierten Türen einer einigermaßen üppigen Zukunft bereit waren, sich auf ein Wort von Antonia zu öffnen, sobald seine eigene Fantasie verflogen war.

„'Und der andere da drüben?' fragte er und zeigte auf den kräftigen, gut aussehenden älteren Mann mit dem Kreuz der Ehrenlegion. 'Wer ist er?'

„'Ein pensionierter Zollbeamter.'

„'Der Schnitt seines Gesichtsausdrucks ist nicht beruhigend', sagte Maxime, als er den Sieur Denisart betrachtete .

„Und tatsächlich hielt sich der alte Soldat aufrecht wie ein Kirchturm. Sein Kopf war bemerkenswert für die Menge an Pulver und Pomatum, die ihm verliehen wurde; er sah fast aus wie ein Postillion auf einem schicken Ball. Unter dieser Filzhülle, die an die Schädeldecke des Trägers angeformt war , erschien ein älteres Profil, halb offiziell, halb soldatisch, mit einer komischen Beimischung von Arroganz – insgesamt so etwas wie Karikaturen des *Constitutionnel* . Der gelegentlich offizielle Befund, dass sein Alter, sein Haarpuder und die Beschaffenheit seines Rückgrats es unmöglich machten, ein Wort ohne Brille zu lesen, saß da und zeigte eine sehr ansehnliche Brustweite mit dem ganzen Stolz eines alten Mannes mit einer Geliebten. Wie der alte General Montcornet , diese Säule des Vaudeville, trug er Ohrringe. Denisart hatte eine Vorliebe für Blau; Seine weiten Hosen und sein abgetragener Mantel waren beide aus blauem Stoff.

„'Wie lange ist es her, dass dieser alte Mistkerl hierher kam?' fragte Maxime und dachte, dass er in der Brille eine Gefahr sah.

„'Oh, von Anfang an', entgegnete Antonia, ,vor fast zwei Monaten.'

„'Gut', sagte Maxime zu sich selbst, , Cerizet kam erst vor einem Monat zu mir. – Bring ihn einfach zum Reden', fügte er in Antonias Ohr hinzu; „Ich möchte seine Stimme hören."

„'Pshaw', sagte sie, ,das ist nicht so einfach. Er sagt nie ein Wort zu mir.'

„'Warum kommt er dann hierher?' forderte Maxime.

„„Aus einem seltsamen Grund', erwiderte die schöne Antonia. „Erstens hat er, obwohl er neunundsechzig ist, eine Vorliebe; und weil er neunundsechzig ist, ist er so methodisch wie ein Zifferblatt. Jeden Tag um fünf Uhr geht der alte Herr mit *ihr* in die Rue de la Victoire zum Essen. (Sie tut mir leid.) Dann kommt er um sechs Uhr hierher, liest vier Stunden lang ununterbrochen die Zeitung und geht um zehn Uhr zurück. Papa Croizeau sagt, dass er die Motive von M. Denisart kennt und sein Verhalten gutheißt; und an seiner Stelle würde er dasselbe tun. Ich weiß also genau, was mich erwartet. Wenn ich jemals Frau bin. „Croizeau , ich werde zwischen sechs und zehn Uhr vier Stunden für mich haben.""

„Maxime hat das Verzeichnis durchgesehen und den folgenden beruhigenden Eintrag gefunden:

„ *DENISART*, pensionierter Zollbeamter, Rue de la Victoire.*

„Sein Unbehagen verschwand.

„Nach und nach begannen Sieur Denisart und Sieur Croizeau , Vertraulichkeiten auszutauschen. Nichts verbindet zwei Männer so sehr wie die gleichen Ansichten über die Frau. Papa Croizeau ging mit 'M. zum Essen. „Denisarts schöne Dame", wie er sie nannte. Und hier muss ich eine etwas wichtige Beobachtung machen.

„Der Lesesaal war zur Hälfte in bar und zur Hälfte in von der besagten Mlle unterzeichneten Rechnungen bezahlt worden. Chocardelle . Das *Quart d'heure de Rabelais* kam; Der Graf hatte kein Geld. So wurde die erste Rechnung von dreitausend Francs von dem liebenswürdigen Karosseriebauer beglichen; Dieser alte Schurke Denisart hatte ihm empfohlen, sich mit einer Hypothek auf den Lesesaal abzusichern.

„„Ich für meinen Teil', sagte Denisart , ‚ich habe hübsche Taten von hübschen Frauen gesehen. Deshalb bin ich einer Frau gegenüber immer auf der Hut, selbst wenn ich den Kopf verloren habe. Da ist zum Beispiel diese Kreatur; Ich bin unsterblich in sie verliebt; aber das sind nicht ihre Möbel; Nein, es gehört mir. Der Mietvertrag läuft auf meinen Namen.'

„Du kennst Maxime! Er fand den Karosseriebauer ungewöhnlich grün. Croizeau könnte alle drei Rechnungen bezahlen und lange Zeit nichts bekommen; denn Maxime fühlte sich mehr denn je in Antonia verliebt."

„Das kann ich durchaus glauben", sagte La Palferine . „Sie ist die *Bella Imperia* unserer Zeit."

„Mit ihrer rauen Haut!" rief Malaga aus; „So grob, dass sie sich in Kleiebädern ruiniert!"

„ Croizeau sprach mit der Bewunderung eines Kutschenbauers über die prächtigen Möbel, die der verliebte Denisart als Rahmen für seine Schöne zur Verfügung stellte , und beschrieb alles im Detail mit teuflischer Selbstgefälligkeit zugunsten von Antonia", fuhr Desroches fort . „Die Truhen aus Ebenholz mit Intarsien aus Perlmutt und Golddraht, die Brüsseler Teppiche, ein mittelalterliches Bettgestell im Wert von dreitausend Francs, eine Boule-Uhr, Kandelaber in den vier Ecken des Esszimmers, Seidenvorhänge, an denen chinesische Geduld herrschte." angefertigte Bilder von Vögeln und Wandbehänge über den Türen, die mehr wert waren als die Türsteherin, die sie öffnete.

„„Und das ist es, was *Sie* haben sollten, meine hübsche Dame . – Und das ist es, was ich Ihnen anbieten möchte', schloss er. „Mir ist durchaus bewusst, dass ich dir kaum am Herzen liege; Aber in meinem Alter kann man nicht zu viel erwarten. Beurteile, wie sehr ich dich liebe; Ich habe dir tausend Franken geliehen. Ich muss gestehen, dass ich in all meinen Lebensjahren niemandem *so* viel geliehen habe –"

„Er hielt ihm seinen Penny hin, während er sprach, mit der wichtigen Miene eines Mannes, der eine gelehrte Demonstration gibt.

sprach Antonia im Varietes mit dem Grafen.

„„Ein Lesesaal ist trotzdem sehr langweilig', sagte sie; „Ich habe das Gefühl, dass ich überhaupt keinen Geschmack für diese Art von Leben habe und keine Zukunft darin sehe." Es passt nur für eine Witwe, die Körper und Seele zusammenhalten möchte, oder für irgendein schrecklich hässliches Ding, das sich einbildet, sie könne mit ein wenig Putz einen Ehemann ergattern.'

„„Es war Ihre eigene Entscheidung', erwiderte der Graf. Genau in diesem Moment kam Nucingen herein , von dem Maxime, der König der Löwen (die „gelben Samthandschuhe" waren die Löwen dieses Tages), am Abend zuvor dreitausend Francs gewonnen hatte. Nucingen war gekommen, um seine Spielschulden zu begleichen.

„'Ein Pfändungsbescheid haf Schießpulver wurde mir im Auftrag von Dot Teufel serviert Glabaron ", sagte er, als er Maximes Erstaunen sah.

„„Oh, so werden sie also arbeiten, oder?' rief Maxime. „Sie haben nicht viel vor, dieses Paar –"

„„Das macht es nicht', sagte der Bankier, ,bezahlen Sie sie, denn sie könnten sich auf Aufträge berufen pesides , und schadet dir. Ich weiß Taten Bretty voman zu vitness dot I haf Ich wünschte , es wäre Morgen, lange vorher dat writ vas leibeigene .'"

„Königin der Bretter", lächelte La Palferine und sah Málaga an, „du bist dabei, deine Wette zu verlieren."

„Vor langer Zeit, in einem ähnlichen Fall", resümierte Desroches , „erschrak ein allzu ehrlicher Schuldner vor dem Gedanken an eine feierliche Erklärung vor Gericht und lehnte es ab, Maxime nach der Kündigung zu bezahlen." Damals machten wir es dem Gläubiger heiß, indem wir Pfändungsbescheide anhäuften, um den gesamten Betrag an Kosten aufzufangen ..."

„Oh, was ist das?" rief Malaga; „Für mich klingt das alles nach Kauderwelsch. Da Sie den Stör zum Abendessen so hervorragend fanden, möchte ich den Wert der Soße im Unterricht über Schikanen hervorheben."

„Sehr gut", sagte Desroches . „Angenommen, ein Mann schuldet Ihnen Geld und Ihre Gläubiger stellen ihm einen Pfändungsbescheid aus; Nichts hindert alle Ihre anderen Gläubiger daran, dasselbe zu tun. Und was macht das Gericht nun, wenn alle Gläubiger einen Zahlungsbefehl beantragen? *Das Gericht teilt den gesamten gepfändeten Betrag anteilig auf alle auf*. Diese unter der Aufsicht eines Richters vorgenommene Aufteilung nennen wir einen *Beitrag* . Wenn Sie zehntausend Francs schulden und Ihre Gläubiger einen Pfändungsbescheid auf eine Ihnen zustehende Schuld in Höhe von tausend Francs ausstellen, erhält jeder von ihnen so viel Prozent, „so viel in dem Pfund", wie es in der Rechtssprache heißt; so viel (das heißt) im Verhältnis zu den von den Gläubigern einzeln geforderten Beträgen. Aber – die Gläubiger können das Geld nicht ohne eine besondere Anweisung des Gerichtsschreibers anfassen. Erraten Sie, was all diese von einem Richter erstellte und von Anwälten vorbereitete Arbeit bedeuten muss? Es bedeutet eine Menge gestempeltes Papier voller diffuser Linien und Leerstellen, wobei die Figuren in riesigen Räumen völlig leerer linierter Spalten fast verloren gehen. Der erste Schritt besteht darin, die Kosten abzuziehen. Da nun die Kosten genau gleich sind, egal ob der Betrag eintausend oder eine Million Franken beträgt, ist es nicht schwer, beispielsweise dreitausend Franken an Kosten zu verschlingen, insbesondere wenn es gelingt, Gegenanträge zu erheben."

„Und ein Anwalt schafft es immer", sagte Cardot . „Wie oft kam einer von Ihnen zu mir mit der Frage ‚Was gibt es aus dem Fall herauszuholen?'"

„Besonders einfach ist es, wenn der Schuldner Sie dazu drängt, die Kosten in die Höhe zu treiben, bis er den Betrag auffrisst. Und in der Regel nahmen die Gläubiger des Grafen durch diesen Schritt nichts ein und mussten für ihre Rechts- und Privatkosten aufkommen. Um aus einem so erfahrenen Schuldner wie dem Grafen Geld herauszuholen, müsste ein Gläubiger eigentlich in einer ungewöhnlich schwierigen Lage sein; Es geht darum, sowohl Gläubiger als auch Schuldner zu sein, denn dann ist man gesetzlich berechtigt, die Verwechslung von Rechten zu betreiben, in der Sprache der Juristen –"

„Zur Verwirrung des Schuldners?" fragte Malaga und schenkte diesem Diskurs ein aufmerksames Ohr.

„Nein, die Verwechslung der Rechte von Schuldner und Gläubiger, und zahlen Sie sich selbst aus eigener Hand. Daher beruhigte Claparons Unschuld, lediglich Pfändungsurkunden ausgestellt zu haben, den Grafen. Als er mit Antonia vom Varietes zurückkam , war er von dem Gedanken, den Lesesaal zu verkaufen, um die letzten zweitausend Francs des Kaufgeldes abzubezahlen, umso mehr angetan, weil es ihm nichts ausmachte, sich einen Namen zu machen Öffentlichkeit als Partner in einem solchen Anliegen. Also übernahm er Antonias Plan. Antonia wollte die höheren Ränge ihres Berufes erreichen, mit prächtigen Zimmern, einer Magd und einer Kutsche; Kurz gesagt, sie wollte es zum Beispiel mit unserer charmanten Gastgeberin aufnehmen …"

„Dafür war sie nicht weiblich genug", rief die berühmte Zirkusschönheit; „Trotzdem hat sie den jungen d'Esgrignon sehr ordentlich ruiniert."

„Zehn Tage später sagte der kleine Croizeau , auf seiner Würde sitzend, fast genau dasselbe, zugunsten der schönen Antonia", fuhr Desroches fort .

„Kind', sagte er, ,dein Lesesaal ist ein Loch von einem Ort. Sie werden Ihren Teint verlieren; Das Gas wird Ihr Sehvermögen ruinieren. Du solltest da rauskommen; Und sehen Sie hier, lassen Sie uns eine Gelegenheit nutzen. Ich habe eine junge Dame für Sie gefunden, die nichts Besseres verlangt, als Ihr Lesezimmer zu kaufen. Sie ist eine ruinierte Frau, die nichts anderes vor sich hat als einen Sprung in den Fluss. Aber sie hatte viertausend Francs in bar, und das Beste, was sie tun kann, ist, sie zu nutzen, um ein paar Kinder zu ernähren und zu erziehen.'

"'Sehr gut. „Das ist nett von dir, Daddy Croizeau ", sagte Antonia.

„Oh, ich werde viel freundlicher sein, bevor ich fertig bin. Stellen Sie sich vor, der arme Monsieur Denisart hat sich die Gelbsucht zugezogen! Ja, es hat sich auf die Leber ausgewirkt, wie es normalerweise bei empfindlichen alten Männern der Fall ist. Es ist schade, dass er die Dinge so empfindet. Ich habe es ihm selbst gesagt; Ich sagte: „Seien Sie leidenschaftlich, das kann nicht schaden, aber wenn es darum geht, sich Dinge zu Herzen zu nehmen – ziehen Sie hier eine Grenze! Es ist der Weg, sich umzubringen." – Eigentlich hätte ich nicht erwartet, dass er sich so etwas antun würde; ein Mann, der genug Verstand und Erfahrung hat, um sich fernzuhalten, während er sein Abendessen verdaut –'

„'Aber was ist los?' fragte Mlle. Chocardelle .

„,Das kleine Gepäck, mit dem ich gegessen habe, ist weg und hat ihn zurückgelassen! ... Ja. Hat ihm ohne Vorwarnung den Zettel gegeben, außer einem Brief, in dem man nur nach der Rechtschreibung suchen sollte.'

„,Da, Daddy Croizeau , sehen Sie, was passiert, wenn man eine Frau langweilt ...'

„,Es ist in der Tat eine Lektion, meine hübsche Dame', sagte der arglistige Croizeau . „Mittlerweile habe ich noch nie einen Mann in einem solchen Zustand gesehen." Unser Freund Denisart kann seine linke Hand nicht von seiner rechten unterscheiden; er wird nicht zurückgehen, um sich den „Schauplatz seines Glücks", wie er es nennt, anzusehen. Er hat so völlig den Verstand verloren, dass er vorschlägt, ich solle alle Möbel von Hortense (Hortense war ihr Name) für viertausend Francs kaufen.

„,Ein hübscher Name', sagte Antonia.

"'Ja. Napoleons Stieftochter hieß Hortense. Wie Sie wissen, habe ich für sie Kutschen gebaut.'

„,Sehr gut, ich werde sehen', sagte die schlaue Antonia; „Schicken Sie zunächst diese junge Frau zu mir."

„Antonia eilte los, um sich die Möbel anzusehen, und kam fasziniert zurück. Sie zog Maxime in den Bann der antiquarischen Begeisterung. Noch am selben Abend stimmte der Graf dem Verkauf des Lesesaals zu. Die Einrichtung gehörte nämlich nominell Mlle. Chocardelle . Maxime brach in Gelächter aus bei dem Gedanken, dass der kleine Croizeau einen Käufer für ihn finden könnte. Die Firma Maxime und Chocardelle verlor zwar zweitausend Francs, aber wie groß war der Verlust im Vergleich zu vier herrlichen Tausend-Francs-Noten in der Hand? „Viertausend Francs in lebender Münze! – es gibt Momente im Leben, in denen man Achttausender-Scheine unterschreibt, um sie zu bekommen", sagte der Graf zu mir.

„Zwei Tage später musste der Graf die Möbel selbst besichtigen und nahm die viertausend Francs auf sich. Der Verkauf war vereinbart; Dank des Fleißes des kleinen Croizeau trieb er die Sache voran; er hatte die Witwe „umgangen", wie er es ausdrückte. Es war Maximes Absicht, alle Möbel auf einmal in eine Unterkunft in einem neuen Haus in der Rue Tronchet bringen zu lassen , das auf den Namen von Frau übertragen wurde. Ida Bonamy ; Er kümmerte sich nicht sonderlich um den netten alten Mann, der im Begriff war, seine tausend Francs zu verlieren. Aber er hatte vorher mehrere große Möbeltransporter kommen lassen.

„ Er war wieder einmal fasziniert von den wunderschönen Möbeln, die ein Großhändler auf sechstausend Franken geschätzt hätte. Am Kamin saß der elende Besitzer, gelb vor Gelbsucht, den Kopf in ein paar bedruckte

Taschentücher gefesselt und darüber eine Baumwollnachtmütze; er war wie ein Kronleuchter in Tücher gehüllt, erschöpft, unfähig zu sprechen und insgesamt so zerschlagen, dass der Graf gezwungen war, seine Geschäfte mit dem Diener zu erledigen. Als er die viertausend Francs bezahlt hatte und der Diener das Geld seinem Herrn zur Quittung gebracht hatte, drehte sich Maxime um und forderte den Mann auf, die Lieferwagen an die Tür zu rufen. aber noch während er sprach, ertönte eine Stimme wie ein Rasseln in seinen Ohren.

„‚Es lohnt sich nicht , Monsieur le Comte. Du und ich sind fertig ; Ich muss dir sechshundertdreißig Francs und fünfzehn Centimes geben!'

„Zu seiner völligen Bestürzung sah er, wie Cerizet wie ein Schmetterling aus der Puppe aus seinen Umhüllungen auftauchte und ihm das verfluchte Dokumentenbündel entgegenhielt.

„‚Als ich Pech hatte, lernte ich, auf der Bühne zu spielen', fügte Cerizet hinzu . „Ich bin im Umgang mit alten Männern genauso gut wie Bouffe.“

„'Ich bin unter Diebe gefallen!' schrie Maxime.

„‚Nein, Monsieur le Comte, Sie sind in Mlle. Hortenses Haus. Sie ist eine Freundin des alten Lord Dudley; er hält sie hier versteckt; aber sie hat den schlechten Geschmack, deine bescheidene Dienerin zu mögen.'

„‚Wenn ich mich jemals danach sehnte, einen Mann zu töten', so sagte mir der Graf später, ‚dann geschah es in diesem Moment; aber was könnte man tun? Hortense zeigte ihr hübsches Gesicht, man musste lachen. Um meine Würde zu wahren, warf ich ihr die sechshundert Francs zu. „Da ist für das Mädchen“, sagte ich.“

„Das ist überall Maxime!“ rief La Palferine .

„Umso mehr, als es das Geld des kleinen Croizeau war “, fügte Cardot tiefgründig hinzu.

„Maxime hat einen Triumph errungen“, fuhr Desroches fort , „denn Hortense rief aus: ‚Oh, wenn ich nur gewusst hätte, dass du es bist!'“

„In der Tat eine ziemliche ‚Verwirrung'!“ in Málaga legen. „Sie haben verloren, Mylord“, fügte sie hinzu und wandte sich an den Notar.

Und auf diese Weise wurde der Tischler bezahlt, dem Malaga hundert Kronen schuldete.

PARIS, 1845.

NACHTRAG

**Die folgenden
Persönlichkeiten erscheinen
in anderen Geschichten der
menschlichen Komödie.**

Barbet

Ein angesehener Provinzial in Paris

Die dunkle Seite der Geschichte

Die Mittelschicht

Bixiou , Jean-Jacques

Der Geldbeutel

Eine Bachelor-Einrichtung

Die Regierungsbeamten

Modeste Mignon

Szenen aus dem Leben einer Kurtisane

Die Firma Nucingen

Die Muse der Abteilung

Cousine Betty

Das Mitglied für Arcis

Beatrix

Gaudissart II.

Die unbewussten Humoristen

Cousin Pons

Cardot (Pariser Notar)

Die Muse der Abteilung

Eifersüchteleien einer Landstadt

Ein Prinz von Böhmen

Cousine Betty

Beatrix

Die imaginäre Herrin

Lousteau , Etienne

Ein angesehener Provinzial in Paris

Eine Bachelor-Einrichtung

Szenen aus dem Leben einer Kurtisane

Eine Tochter von Eva

Beatrix

Die Muse der Abteilung

Cousine Betty

Ein Prinz von Böhmen

Die Mittelschicht

Die unbewussten Humoristen

Montcornet , Marechal, Comte de

Häuslicher Frieden

Verlorene Illusionen

Ein angesehener Provinzial in Paris

Szenen aus dem Leben einer Kurtisane

Die Bauernschaft

Cousine Betty

Nathan, Raoul

Verlorene Illusionen

Ein angesehener Provinzial in Paris

Szenen aus dem Leben einer Kurtisane

Pater Goriot

Gobseck

Ursule Mirouet

Das Mitglied für Arcis

Die Geheimnisse einer Prinzessin

Cousine Betty

Beatrix

Die unbewussten Humoristen

Turquet , Marguerite

Die imaginäre Herrin

Die Muse der Abteilung

Cousine Betty